G. Jean-Aubry

Le Marchand de sable
qui passe...

Paris
Maison du Livre
3, rue de la Bienfaisance.
1909

G. Jean-Aubry

Le Marchand de sable
qui passe.....

Conte lyrique en un acte et en vers

Musique de scène d'Albert Roussel

Paris
Maison du Livre
3, rue de la Bienfaisance,
1909

Cet ouvrage a été tiré à 300 exemplaires
sur papier de Hollande Van Gelder Zonen
et 6 exemplaires numérotés (hors commerce)
sur papier impérial du Japon,
signés par l'auteur.

A ROSE SYMA

En témoignage
d'une amitié qui ne passe pas.

G. J.-A.

MUSIQUE DE SCÈNE

La partition de M. Albert Roussel, qui doit *nécessairement* accompagner la représentation de ce conte lyrique comprend : *Prélude, Dialogue* (scène II), *Interlude et Scène* (scène IV), *Finale*.

Cette partition est écrite pour quintette à cordes, harpe, flûte, clarinette et cor.

PERSONNAGES

LE MARCHAND DE SABLE
ELLE
LUI

La scène représente un chemin formant la lisière d'une forêt. Sur la droite de la scène, ce chemin tourne et s'incline de façon à laisser apercevoir, en contre-bas, une route bordée d'un rideau de peupliers dessinant le fond d'une vallée, à l'extrémité de laquelle, en une échancrure, les derniers rayons du crépuscule s'amoindrissent. Sur la gauche, on voit l'orée d'un sentier qui conduit au cœur de la forêt.

SCÈNE PREMIÈRE

LUI

Elle est belle. le soir est doux. et les lilas
Avec un bruit discret s'effeuillent. comme las
D'avoir donné depuis l'aube toute leur âme.
Quel mystère est éclos au regard d'une femme
Pour rendre chaque instant douloureux. et pourquoi
Sens-je, à cette pensée obsédante. un émoi
Où la douceur du soir tombant se fait plus tendre ?
Pourquoi m'imaginai-je à tout moment entendre
L'écho de sa parole ou le bruit de son pas ?
Elle est très belle en vérité. mais n'ai-je pas

Rencontré, tout le long de mon chemin, des femmes
Dont le sourire avait d'autres promesses d'âmes
Aussi douces, aussi caressantes ? N'est-il.
Pour apaiser enfin mon trouble puéril,
Qu'un mot de cette enfant douce, dont le passage
Prolonge, en ma pensée hésitante, un sillage
De rêves parfumés d'un espoir décevant ?
Et n'est-il plus qu'un nom sur l'haleine du vent ?....
Il a suffi d'un soir, d'un regard et d'un rêve.
Et que mon cœur eût une inquiétude brève :
Alors, tout doucement, il s'est insinué.
Il m'a semblé que les astres avaient tremblé
Et qu'une brusque ivresse avait saisi le monde :
Puis j'éprouvai comme une blessure profonde
De sentir mon bonheur si solitaire ici,
Car je ne savais pas qu'il serait triste aussi.
Tandis que mon courage en moi-même recule,
Cette enfant passe en l'or vibrant du crépuscule.

Et plein d'un doute exquis, j'attends, dans le soir bleu,
Quelque hasard forçant mes lèvres à l'aveu.
Chaque soir me ramène au bord de cette route,
Et là, dissimulé par ces feuilles, j'écoute
La divine chanson de l'heure dans sa voix.
J'épie à chaque instant ses gestes, je la vois :
Lever dans l'air du soir des mains consolatrices,
Et sans cesse j'attends les minutes propices
A lui dire les mots que mon cœur a rêvés :
Et je m'en vais toujours sans les avoir trouvés.
Demain, toujours demain, lui dire que je l'aime......,
Savoir tout son amour si puissant et soi-même
Si faible, que malgré tous les serments du cœur
L'on passe sans un mot sous le regard vainqueur
De l'être en qui l'on mit le sens de chaque chose.
Il faut que je lui dise, et puis... et puis... je n'ose.

SCÈNE II

LE MARCHAND DE SABLE *(encore invisible)*

Il faut oser !

LUI

Qui donc parle ainsi dans le soir?

LE MARCHAND DE SABLE

Il faut oser, il faut agir, il faut vouloir.
Car il ne suffit pas que l'amour soit ton rêve.
Homme, l'heure est trop courte et la vie est trop brève
Pour l'user à jamais en regrets superflus
Et ne vouloir agir que lorsqu'on ne peut plus.
Examine l'objet dont ton âme est éprise.
Puis, sans crainte, va jusqu'au bout de l'entreprise,
Pour ne pas regretter de n'avoir pas agi.

LUI

Qui donc es-tu, passant, qui de l'ombre a surgi ?

LE MARCHAND DE SABLE

Qu'importe qui je suis ! Je te sais le cœur ivre.
C'est trop peu de rêver l'amour, il faut le vivre !
Puisque tu sais ton cœur sincère, et que tu sais
Des sentiments en toi que n'a pas émoussés
La crainte de troubler ton repos, ni l'attente,
Et que ton âme enfin n'est point obéissante
Aux vils calculs de l'égoïsme, alors pourquoi
Sans plausible raison réserver à part soi
L'aveu d'un sentiment qui n'offense personne ?

LUI

Parce que le bonheur que mon rêve me donne
Tremble de se heurter au rire d'une enfant.

LE MARCHAND DE SABLE

Aime ton rêve assez pour le rendre vivant.
Ne berce point ton amoureuse nonchalance
De la trompeuse incertitude du silence :
Ne crains pas un refus si tu n'en es certain.
Impose ton bonheur aux règles du destin.
Qu'est-ce qu'un rêve enfin qu'on croit n'être qu'un rêve !

LUI

Qui donc es-tu ? Voici que la parole lève
Le voile de l'incertitude dans mon cœur.
Qui donc es-tu ? Je sens renaître mon bonheur.
Ta voix a, dans le soir, des douceurs souveraines.
J'éveille autour de moi des choses plus sereines.
Et t'écoutant, je ne sais plus. en vérité.
Si mon rêve est un rêve ou la réalité !

LE MARCHAND DE SABLE

Je suis celui qui fait un geste blanc dans l'ombre
Pour ouvrir sur la paix d'amour le vantail sombre
Aux âmes sanglotant d'étreindre l'infini.
Des timides et des amants je suis l'ami.
Je sais faire parler les âmes taciturnes,
Et quand de pauvres cœurs. emplis comme des urnes.
Débordent de tendresse indicible, je sais
Apaiser leur souffrance avec des mots discrets.
Je sais pourquoi ton cœur sur tes lèvres soupire.
Et je dirai ce soir ce que tu voulais dire.

LUI

Ta voix sème l'espoir en mon cœur anxieux.
Qui donc t'a confié, passant mystérieux.. ..

LE MARCHAND DE SABLE

Ce ne sont pas les mots, mais les cœurs que j'écoute !

Eloigne-toi... j'entends des pas sur cette route !

(LUI s'éloigne vers l'intérieur de la forêt.)

SCÈNE III

LE MARCHAND DE SABLE

Qui je suis !... Je suis le banni, le réprouvé,

Celui qui va par les chemins n'ayant trouvé

Rien qui ressemble à la demeure désirable,

Pour tenter d'apaiser mon âme insatiable,

J'unis ma vie à tous les bruits de l'univers,

Je promène vers tous les mirages et vers

Tous les rêves des regards emplis de tendresse.

Mais toute chose à mon cœur solitaire laisse

L'amertume sans fin des désirs renaissants.

Je sais tous les espoirs et les regrets, je sens

16

Vibrer en moi toutes les peines de la terre.
Je suis le taciturne à qui rien n'est mystère
Des troubles de l'amour ou des frissons du cœur.
Mais je dois à jamais ignorer le bonheur
De vivre avec la paix en soi. L'inquiétude,
Comme un arpège triste, incessamment prélude
Au chant désespéré de mon cœur anxieux.
Car, à force d'aimer la vie, on comprend mieux
L'universelle solitude : or, à toute heure,
J'entends autour de moi comme une ombre qui pleure,
Et mon cœur s'exaspère à la vouloir calmer.
Je suis l'errant à qui tout commande d'aimer,
Je suis, âme sonore en qui le dieu tressaille,
Le Poète, rêveur timide que l'on raille
Jusqu'à l'heure où, souffrant de chagrins trop réels,
Le cœur las, dédaignant les mots habituels,
Sait emprunter mes chants pour dire sa souffrance,
Je suis celui qui fait l'aumône d'espérance.

Insouciant du blâme et du rire moqueur.

Je suis celui qui donne aux autres le bonheur,

Sans pouvoir en garder une part pour soi-même.

Un ordre inéluctable interdit que l'on m'aime,

Car je ne puis compter, pour calmer mes tourments,

Sur l'égoïsme de mes frères, les amants !

SCÈNE IV

ELLE *(Elle a des roses dans les mains et les effeuille.)*

Il est passé ce soir encore sans rien dire.

Oh ! s'il savait le sens de ce vague sourire

Par quoi je veux cacher mon trouble en le voyant !

S'il connaissait mon pauvre cœur impatient

D'entendre prononcer de très douces paroles !

Pourquoi nourrir aussi ces illusions folles ?

Car ce n'est pas à toi qu'il songe, entends-tu bien.

Enfant, pourquoi nouer en toi-même ce lien

A cet inconnu triste et muet qui t'ignore ?
Il est passé sur ce chemin ce soir encore
Parce que son destin l'y conduit, mais pourquoi
T'imaginer que ce passant vient là pour toi.
Est-ce pour toi que tout frissonne ici-bas, est-ce
Pour toi que les lilas épandent leur caresse
Parfumée ; est-ce aussi pour toi, ma pauvre enfant,
Qu'à l'heure où la clarté de l'ombre triomphant
Entr'ouvre doucement les portes de la joie.
L'atmosphère embrumée a des douceurs de soie ?
Est-ce pour toi que tous les jardins ont des fleurs,
Est-ce que pour toi seule aux yeux tremblent des pleurs,
Et n'est-ce que pour toi qu'au travers de ses voiles
La nuit mystérieuse a semé ses étoiles ?
... Et cependant pourquoi revient-il chaque soir ?
Mon cœur garde en dépit de tout ce fol espoir.
Un instant, hier, j'ai cru qu'il allait me parler,
Et j'ai senti mon cœur davantage trembler.

Mais il a poursuivi, taciturne, sa route.

Quelque chose me dit qu'il doit m'aimer sans doute.

Quelle force confuse, inexprimable, va

De tout notre être à l'être tendre dont rêva

Notre cœur anxieux de vivre davantage.

Ce ne fut qu'un soupçon tout d'abord, puis l'image

S'accroît sans qu'on le veuille et qu'on l'éprouve bien

D'un minime détail, un mot, un geste, un rien,

Jusqu'à l'heure où pris du désir de se connaître

Notre être s'aperçoit le reflet d'un autre être

Quel est cet homme, là, dans l'ombre ?

LE MARCHAND DE SABLE

                  Mon enfant,

Ecoute, ne crains rien : je ne suis qu'un marchand

De rêves : je suis le jongleur de l'Impossible.

Je porte sur le dos une hotte invisible

Où, dans le soir tombant, s'entassent les souhaits.
Tous ces vœux attristés, tous ces désirs muets
Germent dans le silence en floraison divine,
Et je sème ces fleurs aux lieux où je chemine...
J'ai des rêves de gloire et de fortune, j'ai
Des rêves de puissance où l'orgueil outragé
Reprend ses droits.... J'ai des rêves d'amour exquise,
Où le cœur brise enfin la peur qui le déguise...
Veux-tu des nations sujettes à tes lois.
Veux-tu des parcs fleuris et calmes où tu sois
Sereine ainsi que les princesses de légende?
Veux-tu...

ELLE

Non, ce n'est pas cela que je demande !

LE MARCHAND DE SABLE

Veux-tu qu'un peuple entier t'obéisse, veux-tu
Vivre un continuel et riant impromptu,
Veux-tu tous les trésors d'un fabuleux empire?

21

ELLE

Non, ce n'est pas encor cela que je desire !

LE MARCHAND DE SABLE

Ce que tu veux, enfant, c'est un bonheur profond
Et calme, où l'âme ardente et sensible se fond.
Ce que tu veux enfin, c'est toute la tendresse,
Parce que, le cœur plein d'un désir de caresse,
Tu sens parfois peser sur toi comme un linceul
L'effroi que l'on éprouve à se sentir si seul.

ELLE

Oui, c'est cela ce que j'éprouve, cette angoisse
Et ce désir de n'être plus à soi que froisse
Sans cesse une secrète et timide douleur.
Ce que je veux, marchand de rêves, c'est un cœur
Plein de douceur et plein de force tout ensemble,
Que ce cœur et le mien un lien les rassemble,

Si fort qu'on ne le puisse rompre, et si subtil
Qu'il semble à chacun d'eux n'être autre que le fil
Mystérieux qui nous relie à toutes choses.
Et que nos jours enfin soient semblables aux roses
Que j'effeuille ce soir, sur la route, en rêvant

LE MARCHAND DE SABLE

Mais le bonheur est à ta porte, mon enfant.
Je sais au seuil de cette forêt de mystère
Un rêve de tendresse adorable et sincère.
Un rêve si semblable à celui que tu veux
Et vers qui, seule, tu murmures des aveux,
Je sais un rêve errant cherchant en vains son maître

(LUI apparaît.)

Et n'est-ce celui-là que tu voulais, peut-être ?

LUI

Vous m'aimiez !

ELLE

Oh ! pourquoi ne m'aviez-vous pas dit ?

LUI

Je craignais, je passais près de vous, interdit,
Je me disais sur tous les modes : Je vous aime !
J'avais votre sourire ineffable en moi-même.
Quand j'étais seul, j'avais de l'audace à plein cœur.
Et je passais, tremblant, sous ton regard vainqueur.

ELLE

J'ai tant rêvé par vous de tendresses prochaines !
A l'heure où le soleil meurt derrière ces chênes.
De loin, sans le vouloir, je suivais tous vos pas.
Et puis je me disais que vous ne m'aimiez pas.
Et cependant il me semblait.... que je vous aime.
Je vous aime.

LUI

Je l'aime.

(Le Marchand de sable fait le geste de s'éloigner.)

ELLE

Oh ! demeurez quand même.

LE MARCHAND DE SABLE

Je ne suis pas celui qui demeure. je suis
Celui qui passe, blême et sombre, au seuil des nuits.
A l'heure où vous sentez le songe redescendre
Vers vos cœurs où le soir tombe comme une cendre
A l'heure où vous sentez, en vouloir de prier
Que quelque chose veut en vous s'agenouiller.
A l'heure où l'angelus au clocher de l'église
Comme un grand cœur malade incurable agonise.
A l'heure où le réel nous devient incertain
Et s'estompe à nos sens comme un pastel éteint.
A l'heure où, las des jeux, et rêvant d'autres mondes.

Les enfants peu à peu penchent leurs têtes blondes
Aux bras jamais lassés des mères souriant,
A l'heure où le passé redevient le présent,
Où tout ce qui frémit, et qui pleure, et qui doute
Parle dans l'ombre épaisse où le silence écoute,
A l'heure où les regards d'amour s'étant croisés,
Les lèvres doucement viennent vers les baisers,
Où la douceur de la nuit proche vous enlace,
A l'heure où tout a soif de l'infini, je passe...

ELLE

Voyageur solitaire, à quel destin promis
Allez-vous, apaisant nos deux cœurs interdits ?
Qui êtes-vous, passant, dont la voix chante et pleure ?

LE MARCHAND DE SABLE

Femme, éternelle angoisse où vit l'esprit de l'heure.
Que t'importe à présent de savoir qui je suis.

26

Aime la vie, aime l'amour, aime, poursuis
Ton incessant désir d'aimer que rien ne lasse.
Pourquoi veux-tu savoir le nom de ce qui passe,
Femme, éternelle Elsa des Lohengrins furtifs ?

Pourquoi dans votre énigme aussi tenir captifs
Nos deux cœurs désireux de rompre ce mystère ?

As-tu reçu l'ordre impérieux de te taire ?
Le bonheur que ta voix sème sur ton chemin
Doit-il faire éprouver à ton âme demain
Un charme plus profond de rester anonyme ?

Ecoutez, l'ombre est douce, et la nuit unanime
S'exalte tendrement auprès de nous ; l'amour

Vibre en nous deux ainsi qu'un chant profond et sourd.
Les feuilles font un bruit suave de fontaine :
A l'horizon, voici qu'une étoile lointaine
Semble un regard, humide de cette douceur.
Puisque c'est vous qui fîtes nôtre ce bonheur
Dont si longtemps pleins, de tendresse, nous rêvâmes,
N'attristez pas de ce silence nos deux âmes...

LE MARCHAND DE SABLE

Je suis passé ce soir auprès de votre amour.
Mais déjà ne me vîtes-vous pas quelque jour ?
Souvenez-vous de votre enfance première.
Alors que le sommeil sur votre paupière
Posait son doigt de songe tendre, il vous semblait
Que le marchand de sable en un geste discret
Laissait tomber sur vous sa poussière de rêve.
Et lors, fermant les yeux soudain, et donnant trève
A vos soucis exquisement exagérés.

Dans la paix des berceaux lentement balancés,
Transportés aux pays pleins de choses étranges
Et très douces, enfants, vous souriiez aux anges...
Bien qu'ils déçussent votre songe, en vérité.
N'êtes-vous plus ceux-là que vous avez été ?
Vous erriez côte à côte, épris du même rêve.
Je fus pour vous celui dont le geste soulève
Le voile sombre interdisant la vision
Des objets convoités dont la possession
Exaspérait votre tendresse inexprimable.
Je fus, pour vous, semblable à ce marchand de sable.
Je savais vos désirs secrets, et j'ai cueilli
Le songe dont chacun de vous a tressailli
Longuement, sans oser se l'avouer à peine.
Et puis, sollicitant votre audace incertaine,
Je vous ai découvert que ce songe réel
N'était rien d'autre que votre cœur mutuel.
Et maintenant adieu !

Quel charme vous entraine
Loin d'ici? Vivez près de nous l'âme sereine
Dans le rayonnement de tout notre bonheur.

LE MARCHAND DE SABLE

Enfant, vous ignorez l'injustice du cœur.
La mémoire qu'on a de moi doit être brève.
Le marchand de bonheur a permis votre rêve.
Mais quand, les yeux fermés sous sa main de bonté.
L'on possède un instant le songe convoité.
L'on ne rève jamais de ce marchand de sable.

LUI

Ta voix en nous laisse une trace impérissable.

ELLE

Et nous ne savons plus si ce charme inouï
Vient de l'amour, de votre voix ou de la nuit...

LE MARCHAND DE SABLE

Parfois lorsqu'en vos yeux toute votre tendresse
Cherchera le repos d'une brève détresse.
Vous verrez resplendir en leurs miroirs nacrés
Des points d'or comme un sable étrange, vous croirez.
Ressuscitant alors la primitive fable,
Qu'entre vos deux regards c'est le marchand de sable
Qui, de nouveau, jeta soudain sa poudre d'or,
Et vos cœurs frémiront de votre rêve encor...
Toi, femme, sois vaillante et douce, et toi, sois tendre,
Et l'un à l'autre unis, toujours vibrants d'entendre
Trembler le souffle pur de la création.
Gardez profondément la sainte obsession
Du songe dont d'abord votre âme fut ravie.
Le reve le meilleur est d'aimer bien la vie.
Et, laissant au marchand de sable qui passa
L'inquiétude et la détresse qu'effaça
De votre cœur la voix de sa tendresse humaine.

Multipliez au sein de vous la bonne graine
De ce rêve vivant qu'il y fit naître un jour.
Car le marchand de sable est un semeur d'amour....
Et maintenant adieu. — Le silence et l'espace
Me réclament : le marchand de sable qui passe
Ne doit être à vos cœurs plus qu'un songe effacé
Aimez !

(Le Marchand de Sable s'éloigne dans l'ombre)

ELLE

Adieu !

LUI

*(Il la serre dans ses bras, et pose un baiser sur ses yeux ;
elle reste les yeux clos, et lui, la regardant :)*

Le marchand de sable est passé !....

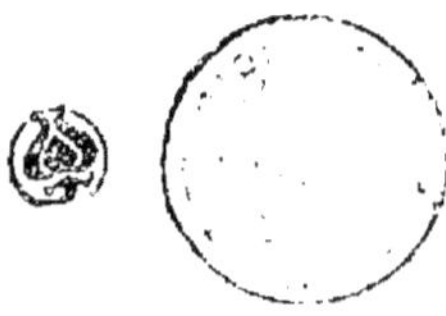

Janvier-Avril 1905.

Bruxelles

Imprimerie Veuve Monnom.

32, rue de l'Industrie.

1909

www.ingramcontent.com/pod-product-compliance
Lightning Source LLC
LaVergne TN
LVHW021703170726
843501LV00007B/2664